Aux mamans – Chris, Debbie et Tracy
— E.B.

À Emily B.
— M.S.

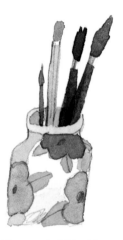

Catalogage avant publication de Bibliothèque et Archives Canada
Bunting, Eve, 1928-
Moi aussi, je t'aime / Eve Bunting; illustrations de Melissa Sweet;
texte français de Marie-Andrée Clermont.
Traduction de : I Love You, Too!
Public cible : Pour enfants de 0 à 3 ans.
ISBN 0-439-94813-4
I. Clermont, Marie-Andrée II. Sweet, Melissa III. Titre.
PZ23.B8525Moi 2005   j813'.54   C2005-905275-9

Édition publiée par les Éditions Scholastic, 175 Hillmount Road, Markham (Ontario) L6C 1Z7.
5 4 3 2 1   Imprimé à Singapour   05 06 07 08

MOI AUSSI, JE T'AIME

Eve Bunting

Illustrations de *Melissa Sweet*

Texte français de Marie-Andrée Clermont

Éditions SCHOLASTIC

Petit-Chiot-Brun aime sa maman très fort
et veut lui offrir le plus beau cadeau du monde.

Après avoir cherché longtemps,
il déniche un os énorme,
un os magnifique.

— Ça n'a pas été facile de trouver cet os,

dit Petit-Chiot-Brun.

Je parie qu'il provient d'un dinosaure.

Sa maman lui dit :

— Quel os fabuleux, Petit-Chiot-Brun!

Je l'aime beaucoup.

Et je t'aime, toi aussi.

Lorsque Petit-Chiot-Brun raconte à ses amis
qu'il a donné un cadeau à sa maman,
ils décident tous de faire plaisir à leur maman aussi.

Petite-Tortue apporte une fraise appétissante.

— Une fraise rouge et sucrée pour notre repas,

dit-elle à sa maman.

Elle est pour toi et moi, et aussi pour papa.

Sa maman lui dit :

— Quelle fraise magnifique, Petite-Tortue!

Je l'aime beaucoup.

Et je t'aime, toi aussi.

Boule-de-neige, la chatonne, a sorti ses pinceaux et prépare une belle surprise pour sa maman.

— Regarde! J'ai dessiné des poissons sur ton bol, lui dit-elle. J'espère que tu aimes les couleurs.

Sa maman lui dit :

— Quels beaux poissons, Boule-de-neige!

Je les aime beaucoup.

Et je t'aime, toi aussi.

Lapine-Câline fabrique un présent
tout à fait spécial pour sa maman.

— Voici des carottes en bouquet! lui dit-elle.

Elles feront bel effet au-dessus de ton grand lit douillet.

Sa maman lui dit :

— Quel joli bouquet de carottes, Lapine-Câline!

Je l'aime beaucoup.

Et je t'aime, toi aussi.

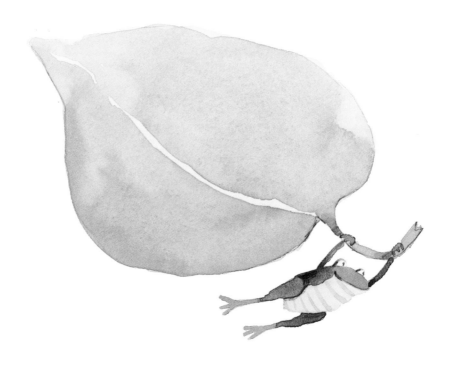

Mini-Grenouille a trouvé
une belle grosse feuille pour sa maman.

— Si tous les nénuphars sont pris, lui dit-elle,
tu dormiras tranquille sur la feuille que voici.

Sa maman lui dit :

— Quelle feuille ravissante, Mini-Grenouille!

Je l'aime beaucoup.

Et je t'aime, toi aussi.

Cochonnet-Rose se donne bien du mal
pour offrir à sa maman un bijou original.

— Voici un collier de pensées, dit-il. Tu le porteras
au bal des cochonnets, ou quand tu voudras.

Sa maman lui dit :

— Quel superbe collier, Cochonnet-Rose!

Je l'aime beaucoup.

Et je t'aime, toi aussi.

Les Mignons-Oiselets ont passé la journée
à chercher des délices pour leur maman chérie.

— Pour toi qui nous apportes des vers et des moucherons, lui disent-ils. Aujourd'hui, c'est nous qui t'en offrons.

Leur maman leur dit :

— Miam, miam! Quel régal, Mignons-Oiselets!

Je les aime beaucoup.

Et je vous aime, vous aussi.

Aussitôt que Douce-Agnelle aperçoit le chapeau,

elle sait que sa maman en raffolera.

— L'épouvantail portait ce chapeau distingué,

mais il ne tenait pas du tout à le garder,

dit-elle à sa maman.

Sa maman lui dit :

— Qu'il est coquet, ce chapeau, Douce-Agnelle!

Je l'aime beaucoup.

Et je t'aime, toi aussi.

Petit-Singe-Astucieux sait que sa maman affectionne tous les objets qui tourbillonnent.

— Je t'ai fabriqué ce moulinet, lui dit-il.
Il virevolte en tous sens, au gré du vent follet.

Sa maman lui dit :

— Quel fameux moulinet, Petit-Singe-Astucieux!

Je l'aime beaucoup.

Et je t'aime, toi aussi.

Benoit sait ce que sa maman aimerait plus que tout au monde.

— Voici un bisou et une grosse caresse, lui dit-il.

Et cette coccinelle, avec toute ma tendresse.

Je t'aime, maman.

Sa maman lui dit :

— Moi aussi, je t'aime.